遠く、水門がひらいて

北川朱実

思潮社

遠く、水門がひらいて　北川朱実

思潮社

遠く、水門がひらいて　北川朱実

バザール

スイカ、イチジク、なつめ
オリーブ、ぶどう
パピルス紙
千年接いだコーヒーの木

手にした瞬間
濃い夏が匂う
トルコ・イスタンブールの市場

遠く

水門がひらく気配がして
水をたたえた朝を引いて
人々が集まってくる

画用紙に
いっしんにあかるい海を描く少年は
近づくと
目ヤニのついた左眼に丸をつけ

「一つ買ってください」
ちいさな声でいった

空の
あの果てのない紺碧と
少年の眼の青ずみを秤にかけたら

どちらが重いのだろう

初めて吸ったことばが
体じゅうで暴れて
歩くたびに靴が脱げる

ガラスでできた色鮮やかな小箱を一つ買うと
少年は
おかしくないのに笑った

眼からザラメをこぼした
私はぬかるんだ迷路を歩く
歩く

少年のまつ毛の奥
消えかかった海まで

奄美

たどり着いた小さな美術館の
一枚の絵には

画家の署名がなかった

切り取られた風景の中
金色に熟れつづけ
獣になって遠吠えをするアダンの実

強い海風に

音をたてて葉脈をほどくバナナの木
青天を押し上げる積乱雲

あかるい不穏が
一筋の煙になって
画布から立ちのぼっている

署名をしたとたん　すべてが
行方をくらますにちがいない

時が進みすぎる街に住んでいた

人と会う時はいつも
ビルとビルの間を歩きまわって

大きな円を描く練習をした
悲鳴のような音に
コンタクトレンズを落とした

島の一日は
深い森から海へと
歩くことから始まる

おんぼろバイクに
道をたずねると
いきなりアオブダイになって跳ねた
クビキ茶を飲めという

「休み」
鮮魚店が
二文字になって手足を伸ばしている

言い訳などない
ギンカガミが
背ビレを光らせて跳ねるのをまっている

潮を体ごとかぶって
空の数をかぞえて

すいとう

重傷者の来て呑む清水生温く（原民喜）

橋本さんは
かき氷を
いちどに五つ注文し
溶けていくのを
息を殺して見た
くずれる微かな音を
眼をこらして聞いた

一瞬で煙になった妹をさがして
今年も材木町を歩く

いちじくの実が吹き飛び
線路が
笑いころげるように曲がった朝

相生橋のあたりで
とうめいになった人々

死んだものだけが
知っていることがある

橋本さんは
真冬も氷水をつめて

すいとうの中を歩く

消えかかった地図を
冷たい水でざぶざぶ洗う

橋の近くの砂場で
少年が絵を描いている

宿題を枝にぶらさげたまま

空へむかって
空っぽの電車をいくつもつないで

たらいとハーモニカと蛇の抜け殻と

飲み水を入れたたらいを頭に載せ
荒野を登校するウガンダの少女

教科書を背負い
空中のワイヤーにつかまって川を渡る
フィリピンの少年

カンボジアの女生徒たちは木舟で
逆巻く川をシャチのように遡上し

ミャンマーの少女は　額に風をため
水牛に乗って出発する
(朝礼にはとうにまにあわなくて

なぜ学校へ行くのですか?

おはよう!
顔が一つ、眼玉が二つ、手と足が二つずつ
異常なし!

教師の点呼は終わったけれど

シャラシャラシャラ
星が音をたてて降る夜明け
モンゴルの少年は

蛇の抜け殻の前で
頭をはずしたままだ

瓦礫の町を通過した先で
シリアの少女は地球儀を洗い続けている

雪に埋もれた町
雪おろしをしたばかりの家を
屋根伝いに登校し

「コラーッ!」
怒声に
ころがりながら私は校門をくぐった

なぜ学校に行くのだったか

ふぉーん、ふぁーん、
風にハーモニカをかざし
オオカミの山道を
三時間歩いたキルギスの少年

黒曜石のように輝く眼

コンドルが旋回するアンデスの空の下
朽ちた橋を渡った少女は

まだ姿をあらわさない

＊『学校へいきたい！』（六耀社）に触発されて

三月

どんな生きものが通過したのか
日曜の午後の散歩道が
とつぜん坂道になった

ツグミ
アカハラ
ジョウビタキ、カシラダカ
毎年庭にやってきた冬鳥が

ついに姿を見せない

ふいに
ポケットが震えた

（大陸を渡りました
（海峡をいくつも越えました

ビルとビルの間で　アカハラが
道に迷っている気配がする

深い青を一枚ひろげて
私は角をいくつも曲がる

新しく整備された道の先に

大きな病院が建った

明かりのついた窓のむこう
たどり着いた物語が

夕焼けた空の下で
一つ一つほどけている

草むらに
数枚の茶色の羽と
小さな骨が見える

冷えた美しい鳴き声が
その一片に満ちている

夏のピアノ

長い年月弾かなかったピアノを
調整しに
調律師がやってきた

顔を引きしめて
鍵盤のフタを開け
ポロロン、ポロロン鳴らしていう
――壊れています

方解石のように

音がひし形に割れているというのだ
今日は朝から雨が降っている
鍵盤の中も
降り続いているのだろう

キリンの長い首のような
年月を連れて

雨の日は雨の
風の日は風の音に
還っただけではないか

冷えた果物が
渇いた子供たちの水脈へと流れていく

そんな音を拾いに
海岸を歩く

調律師が置いていった
深い沼のような耳は

沖へ流した

——暑いからソーメンにしようか
母の声に似た
ゆるんだ音が一つ

鍵盤に引っかかっている

小川時計店

売りにゆく柱時計がふいに鳴る横抱きにして枯野ゆくとき（寺山修司）

針のないデジタル時計ばかり見て
過ぎたことが思い出せなくなった

短針が
あんなに遅いのは
見失うことを怖れているからだ

岬のはずれで
小川時計店が
赤い煙突から

ぼうぼう炎を噴き上げ
古くなった時間を燃やし続けている

眼鏡をはずすと
目の前のいっさいが霞む
そんな一日があるが

大切な人に会うための文字盤を
私は確かにもっている

短針が瞬間
金色のウィスキーをゆらすけれど

時はいつも一か所が壊れている

九月のプールがあふれる
電車が漂流する

忘れられた文字盤が
半島を連れて
時計店の前を行く

澄み渡った空の下
鳥の群れになって飛びたって

川を見にいく

降り出した雨が
体にとどかない

水道の蛇口をゆるく締めて
川を見にいく

エノコログサ、ジュズダマ
クコ、ヨシ
河川敷は　野の草花を
あわてて束にした教室のようだ

川べりに新しい病院が建った
熱でふくらんだ病室という病室が
逆さになって
川面で遊んでいる

時折　ジェットスキーが走る
金色の水が波打って岸にとどき
病室が流れ出ていく

流れ出るたびに
街がポコンとへこむ

三年前に三十八歳で死んだ友人が

三十八歳の鞄をふくらませて
土手に立っている
(眼の玉を青くして会社を休んだ日にも
(重さはある

燃え上がった空の下
激しくせりあった一日を
裏返して
犬が遠吠えをする

二十秒おきに繰り返し鳴く
すこしの狂いもない

東京湾岸

近づくと
無数の卵を抱いたカニが
泡を噴き上げて
向かってくる

海底で
砂になって待ち伏せするマコガレイ
空き缶から
表札がわりに顔を出すシマハゼ

黄色いホヤ
真紅のイソギンチャク
青いケヤリ

遠くアドバルーンは
月の軌道を通過し

突き立ったビルのどこかで
声をはりあげて詩を朗読する人がいる

降り出した雨が
音をたてて水面を打ち

朗読も

アドバルーンも
すだれのように細断された

産卵を終え
うすくひかるコウイカの雌と雄は
海底に並んだまま動かない

時間をひとときれも持たなかったものが
生涯を終える最も大切な夜

マコガレイが
砂のまま姿を消した

夏の水

――むかし住んだ土地を歩きたいなあ
夏休みの青い子供の眼をして
父は私を誘った

父との初めての旅は
緑の絵の具をすこしずつ足すように
樹木が深くなり

晴れわたった空の下

大きな建屋を頭にのせた水門があらわれた

貯水を
川に返すためだけにある水門は
長い年月使われていないが

今もふくらんでいる

雨は
まちがいなく降り続いているのだ

――砂漠の村でV字の屋根を見た
思い出したように父はいった
一滴の水も失わないというが

生まれた土地を遠く離れ
隊商にまぎれて
青い辞典を売り歩いた年月

うれしそうに
雨に濡れて帰ってきた
夕方の肩

ことばにしない
何を堰き止めているのだろう

――かえろう
夏帽子の奥でひらがなになるから
夕暮れた空の下を帰った

新しい靴が
水たまりと親しくなって

坂の街

立っているだけで
ころがっていく
坂の街に住んでいる

一万年前は海だったのか
人と話をするたびに
口の中に砂がたまる

濡れた終電車が
警笛を鳴らして出発する

一日は
本当に終わったのだったか
まるい天体のまるい夜を
ころがりながら歩く
アパートのどこかで
電話の鳴る音がする

母は
部屋の隅の黒電話にいつも
白いレースをかぶせていた
届けられた言葉がこぼれないように

夜中に　稲妻が走り
暗闇の中

前のめりに眠る小さな動物園が
あらわになった

予約席に
予約した人は来なかったのか
明かりのついたレストランが
テーブルごとすべっていく

夜の象

ザーッと店先に盛られたバニラの実は
片手でひとつかみが一フラン
両腕いっぱいは五フラン

庭ぼうきを注文したとたん
いなくなった店主は

日暮れて
ココナッツの枝を背負ってあらわれ

「七フラン、」
鳥のしっぽのような言葉を置いた

生きものが
太く匂う南洋の島

ふいに頭が空っぽになった

残りの有給休暇
給料
携帯電話のふるえる回数
動悸がするものの数を
くりかえし数えてきた

今日
世界から遠いバルコニーで
赤ん坊は
ひたすら大気を吸って　吐き

川は
ゴーギャンも　ぼうふらも
知らんふりして流し去る

深夜
誰も数えない星の暗がりに
長い鼻をさし込んで

象の群れが出発する

ニューヨークの雨の朝を、

教室の四方の壁の
貼り絵を見ている

イルカ、海亀
マンタ、オットセイ
子供たちが波をとらえて遊泳する中

娘は
一頭のクジラになって教室の外で
潮を吹き上げていた

ここでなくては、
という強い場所を人も鳥も持っている

海が
大きな口をあけて何かを吐き出す
その瞬間を待つカツオドリ

電車とバスを乗り継ぎ
青い空をかぶって帰っていく
もう無い家

マトリョーシカの中の
小さな空っぽ
会社を休んでグライダーを飛ばす人

日々は
そんな一点の集まりでできている

「只今清掃中」が
ここばかりに駅のトイレの前で休んでいる

いつか本屋の写真集から
こっそり盗んだニューヨークの雨の朝を

私は今日も
鞄の底に広げている

志摩

海がこぼれたような
靴を履いていた

どんな楽しいことがあったのか
電車に乗ってきた三人の女学生は

目を輝かせて
手のひらを開いては閉じ

いっしんにピアノを弾いた

フルートを吹いた

指先から
光る航跡を引いて船が出ていく
カモメが乱舞する

誰にも見えない映像

ハムスターはカゴに入ると
あっというまにちぎった新聞を
まわりに積み上げる

人から逃げてきました
とばかりに
乗客は座席に深く沈んで

手の中の液晶と遊びつづけている

静寂な風を置いて
三人は電車を降り

海につづく道を歩いていった

はじめからいなかったのかもしれない

きこえる言葉よりも
きこえぬ言葉のほうが美しい午後に

半島

消えかかった地図を
旅したのだろうか

コウボウムギが茂る砂浜
産卵を終えた
アカウミガメが

波消しブロックの前を
行ったり来たりして

荒野になる

遠く
帰らなければならない場所があり

海の点呼は
すでに始まっている

いつか都会で道に迷い
路地という路地を曲がって
小さな公園に出たことがある

ブリキの金魚になって
砂場の砂を
口いっぱいに詰め

私は
夕焼けた誰も知らない空を泳いだ

夜の半島が
ふくらんでいく

砂を押し上げ
コウボウムギを押し上げ

無数の小さな足が
光る跡を残して

けんめいに波にのまれていく

雨

ドアに立てかけた傘の先から
雨が流れ出し

床に敷いた夕刊をぬらす

アメリカ大統領の額をぬらし
東シナ海の
小さな島へと流れこんでいく

島に広がる

さとうきび畑の中の
一頭のヤギ

ヤギは
ときどき
さとうきびをかじり

濡れた体をたたんで
昼の月を見た

まだ名前をもたない雨は
生きものの
最後の息をつれて

夜店の

海峡に流れこむ
売れ残った金魚を生かす

郵便受けが
ずぶぬれる

来ない手紙を待って
私は街を歩きまわる

ひとことでも
言葉を発したら

あふれ出す川がある

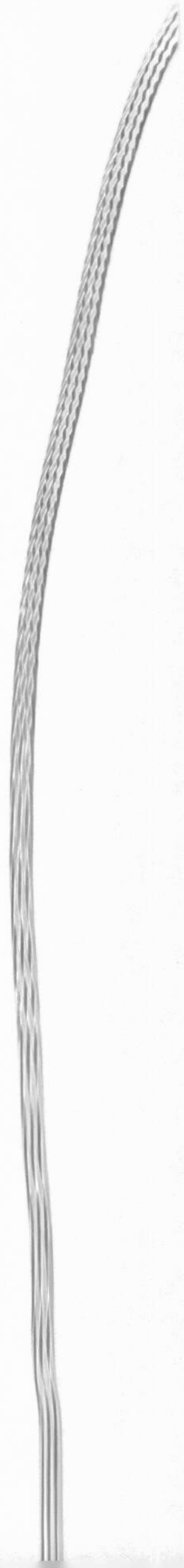

屋久島

青い稲妻ではじまる朝は
いつも
滅んだものが立っている気がした

激しく渦をまく川が
どこまでも透明なのは

花崗岩におおわれ
濁るための土がないからだ

遠い日に
鬼の形相で追いかけてきて
私を柱に縛りつけた母は

老人ホームのベッドに横になり
何を話しかけても黙ったままだ

――今日は何を売りにきたの？
とつぜん声をあげた

誰だと思っているのだろう

食堂の喧騒の中
ナスの煮付けを
端正にはしを使って食べたのは

まちがいなく遠い日の母だから
その長い指を連れて旅をする

体じゅうに蠅を止まらせて
木の下で休む牛の眼は

なぜあんなに
深い沼のように静まりかえっているのだろう

枯れかけた縄文杉の根元に
斧が一本入ったままだ

旅

反省ばかりして
体が半分消えた

降りたい場所が駅になる
そんな国を旅した

突然バスを止め
原っぱで
赤と黄のまだらの腰布を
傘のように広げてオシッコをした女

海が傾いているのだろう
カタカタゆれる見張台で

傾いたまま
水平線を見つめる若者

半島に虹が降りている

うすく消えかかった虹は
はるかな旅をした手紙の消印に似て

引き出しの中
出さなかった青い便箋が
出発したのではないか

小さな映画館は客が誰もいなくて
明かりが消えていた

その暗がりを連れて歩く

バザールの古本にはさまれた
小児科の領収書の
泣きだす子供と歩く

猫がさら地を動こうとしない

夜明けに遅刻して

国際キログラム原器が
一億分の五グラムすり減って
もうすぐ秤の座を失う

メートル原器は
とうに姿を消し

一メートルは
一秒の二億九九七九万二四五八分の一
の間に真空を光が進む距離、となった

めまいしながら　私は
雁の味がするという
がんもどきを食べている

学者がうっかり名前を付け忘れた
ウッカリカサゴの煮付けを食べている

遠く聞こえる野牛の鳴き声が
測量の目安だったロシアの古い土地

道をきくと
トナカイを指さして
力強くまちがった道を教えた
シベリア先住民

夜明けに遅刻して
私は会いにいく

——正しい数値は、ほらここにあります
錆びた肩にわんさか蟬を止まらせ
一日じゅう空を読むメートル原器

ひとつかみの雲を盗んで

パパスの上着とブランデー

暮尾淳に

飲み会の端っこで
いつも一人　機嫌よく酔っていた
「この酒は独特のナニがあって、コクがアレですな」
などと決していわなかった
（人との間に置いた小さなランタン
（見すぎないための

いつか中野駅で待ち合わせて行った

ジャズバー

パパスの青い上着を着て
真夏の空の下を泳ぐようにやってきた人は
林檎のブランデーを何杯も飲んだ
ヤシオツツジの花が好きだった死んだ女教師と
遠い夜を彷徨った

「文字ではなく言葉で詩を」
いつかいった人は

二〇一九年十月
蒼白な顔を
ゼンマイが解けたかのように傾げ

黙って飲んでいた
言葉を捨てると白紙になる

冬になって
その人のセーターの裾が
少しずつほどけていき

ばらん!
中野の街が
ジグソーパズルのように散らばった

まん中の一片が見つからない

「人でなく酒樽でもよかった」
という声が

夜のアンケート

「生きている！と思うのはどんなとき？」
というアンケートに答えられず
使わなかった夜にアイロンをかけている

生きている、
ことを言葉にするには
一筋縄ではいかないが
一日の終わりに

焼き鳥を食べながら飲む焼酎

失くしたと思った
果てのない荒野の切符が
改札の手前であらわれ

乗り遅れた列車が戻ってきたとき

アマゾンの森が
巨大なバキュームカーになって
この天体の騒音を吸い込み

瞬間
無数の未知の鳥を吐き出す夜明け
(夢の中のことだけど

闇汁会で豚肉を頼んだのに
鳴雪はハマグリを
虚子は大福を買ってきて鍋にぶち込んだ

子規に
そんな一日があったことを新聞に見つけ
声に出して読んだ朝

それから
ギンヤンマが高く飛ぶ場所が
体のどこかにあると知ったとき

火花

大きく息を一つ吐いて
緑の炎を噴き上げる
シュノーケル

太い煙になった
船底の板は

鯨と旅をした話を
きまって空にした

燃える丸太
チェーンソーの音がはじけ飛んで
松林から姿をくらます青大将

流れ着いたものに火をつけると
眩暈のする年月が
いっせいに自らを語りはじめる

砂に半分埋まった乳母車は
燃え上がった瞬間
あまやかな匂いを放った

匂いを波に沈めて
旅立った人を

私は今も捜している

おもちゃ屋で買った
顔がこわれて
どんなときも笑って見える手鏡

写らなかった
何が出発したのだろう

火花が放射状に破裂した

引き潮

父は本棚に段ボールを使った
——紙だけど力強い
　触れるとあたたかいだろ？

この世に長くとどまらない
いつでも土に帰る
という潔さがあると言うのだ

テレビの向こう

スーダンの少女が
頭に雲を積んで戻ってくる
三時間歩き続けた砂漠
天に帰った水のゆくえ

文庫本に
いつも青いカバーをかけて読む父の
私は足だけを見ていた
帰る場所はあったのだろうか

この夏　漂流船みたいな
たくさんの傷をつけたバスに乗って
生まれた町を歩いた

洗いざらしの
白い大きな夏帽子のようだった病院は
更地になり

段ボールも父も
濃い草になって揺れている

新しく建った団地の屋上で
給水塔が休んでいる

遠く　濁った海面が輝きながら引いて

アンデスの影

まぶしく輝く
街の明かりを見ながら

ほんとうは
ビルとビルの間の暗がりを見ている

大気が
ふいに深く澄んで
さら地になった小さな雑貨屋

コンドルが舞うタペストリー
アルパカの帽子
三億年の岩塩
少しずつ遅れる掛時計

残雪のような郵便受けを残して
静まりかえった暗がりは

今日も
紺碧の空を広げる

コーヒーの木の下で
リャマが休んでいる

ケーナの高く掠れた音色が

一通の手紙となって
とおく
とおく開封され

ほら
大きな荷を背負って
高山を降りてきた少女が
色鮮やかな糸で織った布を
闇から闇へ
川明かりのように広げた

八月のカバ

国境に沿って
雨はやってきた

まだ見たことのないユーフラテス川を
ポケットに入れて
現像液が匂う街を歩く

落書きだらけの壁の中で
四角く咆哮するライオン

太い船を噴き上げて
立ち上がるカバ

沸かしたての牛乳みたいにふっとうし
あかるい叙事詩だった街が

点描になって耳からこぼれてくる

堀りあてた井戸のそばで
男が

眼の玉を青くして
ゆでた空爆を
一つ一つすりつぶしている

マンホールの中から聞こえる人の声
ころがった写真立てに話しかける人々は
けれども

眼の庭に
美しい夜明けをひろげている

黒アゲハが
一瞬の静寂をまとって渡っていく

誰にもいわないけれど
私はカバになるよ

人さらいみたいな空の群青
あの大きな鍵をはずしたら

どこまでも八月を噴き上げる
泥水にしずんだふで箱と
小さな髪かざりをさがす

目次

装画＝辻　憲　装幀＝思潮社装幀室

北川朱実（きたがわ　あけみ）
秋田県に生まれる
詩集『電話ボックスに降る雨』（思潮社）
　『ラムネの瓶、錆びた炭酸ガスのばくはつ』（思潮社、第二十九回詩歌文学館賞）
　『夜明けをぜんぶ知っているよ』（思潮社、第二十九回富田砕花賞）他
詩論集『死んでなお生きる詩人』（思潮社）
エッセイ集『三度のめしより』（思潮社）

遠《とお》く、水門《すいもん》がひらいて

著者
北川朱実《きたがわあけみ》
発行者
小田久郎
発行所
株式会社思潮社
〒一六二―〇八四二　東京都新宿区市谷砂土原町三―十五
電話〇三（五八〇五）七五〇一（営業）
〇三（三二六七）八一四一（編集）
印刷・製本所
三報社印刷株式会社
発行日
二〇二〇年九月二十日